MEUBLES ET OBJETS D'ART

BIJOUX, TAPIS

Mᵉ ROBERT BIGNON

COMMISSAIRE-PRISEUR

CATALOGUE

DES

MEUBLES EMPIRE ET DE STYLES

Ameublement de salon, Table, Psyché
Fauteuils, Glace, le tout en acajou garni de bronzes
Grande cheminée en chêne sculpté
Bahuts, Bureau, Armoire en chêne
Commode style Louis XV, Ecran Louis XIV
Fauteuil Louis XV, Piano droit, Encoignure Louis XV, etc.

OBJETS D'ART

Pendule Empire, Statuettes en marbre, Bustes,
Plafonniers, Lustres
Vases en marbre, Candélabres, Garnitures de cheminées
Coffret, Lanterne Louis XVI, Chenets, Flambeaux,
Statuettes en terre cuite.

TABLEAUX

BIJOUX, FAIENCES, PORCELAINES

LIVRES, TAPIS

DONT LA VENTE AURA LIEU

HOTEL DROUOT, SALLE N° 11

LE VENDREDI 17 FÉVRIER 1911

à 2 heures

COMMISSAIRE-PRISEUR

Me ROBERT BIGNON

41, rue de la Victoire

EXPOSITION PUBLIQUE

Le Jeudi 16 Février 1911, de deux heures à six heures

CONDITIONS DE LA VENTE

Elle sera faite au comptant.

Les adjudicataires paieront *dix pour cent* en sus des enchères.

L'exposition mettant le public à même de se rendre compte de l'état et de la nature des objets, aucune réclamation ne sera admise une fois l'adjudication prononcée.

Paris. — Imp. de l'Art, Ch. Berger, 41, rue de la Victoire

DÉSIGNATION

FAÏENCES ET PORCELAINES

1 — Jardinière en ancienne faïence de Rouen, décor en bleu.

2 — Huilier en ancienne faïence de Rouen, décor
polychrome.

3 — Petit encrier en ancienne faïence de Sinceny.

4 — Assiette de la Révolution. (Prise de la Bas-
tille, 14 juillet 1789.)

5 — Sucrier en porcelaine de Saxe, décorée à petits
personnages.

6 — Petit baguier en porcelaine décorée.

7 — Paire de vases en porcelaine bleue de Sèvres,
à médaillons ; monture en bronze doré. Style
Louis XVI.

8 — Coupe couverte, à deux anses, en porcelaine
bleue, décor à médaillons et gerbes de fleurs.

9 — Coupe en porcelaine de Chine, décor vert et rouge, sur fond blanc; monture en bronze.

10 — Tasse et soucoupe en porcelaine de Sèvres, fond bleu, médaillons à fleurs.

11 — Groupe en porcelaine émaillée, représentant la Joueuse de mandoline.

12 — Deux statuettes en porcelaine décorée.

13 — Bouillon en porcelaine décorée, avec médaillons à personnages.

14 — Tasse et soucoupe en porcelaine de Sèvres, et une tasse en porcelaine de Saxe.

15 — Paire de vases en porcelaine de Chine, décor à petits personnages.

16 — Deux statuettes en biscuit décoré.

BIJOUX, OBJETS DE VITRINE

17 — Broche avec pendentif en brillants, roses et perle; monture en or.

18 — Broche en or, forme médaillon, ornée de brillants et roses, avec perle au centre.

19 — Épingle de cravate en or, ornée d'un brillant.

20 — Épingle de cravate, forme marguerite, ornée de brillants et rose ; monture en or.

21 — Bague en or, avec brillants et saphir.

22 — Chronographe à répétition, en or.

23 — Crayon de dame en or.

24 — Bourse en argent.

25 — Trousse de dame en argent doré.

26 — Tasse et soucoupe en argent guilloché, anse ciselée.

27 — Montre de dame en or.

28 — Petite boîte à mouches en écaille, ornée d'un petit buste de Louis XVI entouré d'un semis d'étoiles.

29 — Miniature sur ivoire : Portrait de jeune femme.

29 *bis* — Sept petits groupes ou personnages en ivoire sculpté. (Seront divisés.)

TABLEAUX ANCIENS ET MODERNES

BERGHEM (Genre de)

30 — *Vue d'Italie.*

Paysage animé de petits personnages et animaux.

BOL (Attribué à)

31 — *Portrait d'Homme.*

Cadre en bois sculpté.

COCHIN (Le fils)

32 — *Décoration de la salle de spectacle.*

33 — *Décoration du bal paré donné par le Roi.*

Deux gravures en noir.

COUSIN (Charles)

34 — *Vue de Venise.*

COUTURIER

35 — *Intérieur de basse-cour.*

LAWRENCE (Genre de)

36 — *Jeune Femme lisant.*

Elle est en robe rose, les cheveux noirs retombant
sur les épaules.

PEETER LELY (dit Fas, genre de)

37 — *Portrait d'Homme.*

En costume Louis XV, à cheveux noirs bouclés

POORBUS (Genre de)

38 — *Portrait de Jeune Femme à collerette.*

Les cheveux et le corsage ornés de bijoux.

39 — *Portrait de Jeune Homme à collerette.*

Deux pendants.

VERCHAIN

40 — *Paysage.*

41 — *Paysage.*

ÉCOLE ANCIENNE

42 — *Portrait d'Homme.*

Vu de trois quarts, les cheveux poudrés, la main gauche passée dans son gilet.

43 — *Portrait de Femme.*

La tête couverte d'un bonnet, une mantille sur ses épaules, elle tient un éventail dans les mains.

Deux pendants.

ÉCOLE ANCIENNE

44 — *Portrait de Jeune Femme.*

Le corsage largement échancré ; le bras gauche replié contre la poitrine.

ÉCOLE ANCIENNE

45 — *Portrait d'un Amiral.*

>En cuirasse; il a les cheveux poudrés.

ÉCOLE ANCIENNE

46-47 — *Paysages avec pêcheurs en Italie.*
Deux pendants.

ÉCOLE FLAMANDE

48 — *Marine.*

ÉCOLE FRANÇAISE

49 — *Jeune Femme.*

>Au premier plan, une jeune femme couchée regarde deux colombes : allégorie à l'amour, dans un nid sur une branche; fond de paysage.

ÉCOLE MODERNE

50 — *Portrait de Jeune Femme.*

ÉCOLE MODERNE

51 — *Le Fumeur.*

OBJETS D'ART

52 — Pendule Empire en bronze doré et ciselé, à mascarons, feuillage et carquois ; sur le haut du cadran, une jeune femme assise présente une coupe à un aigle ; à droite, une aiguière ; à gauche, un panier fleuri ; elle repose sur quatre pieds.

53 — Glace, cadre en bois sculpté.

54 — Plaque de cheminée en fonte.

55 — Colonne ronde en marbre rose veiné, ornée de bronze. Style Louis XVI.

56 — Glace, cadre Louis XV en bois sculpté à rocailles.

57 — Grande glace, cadre doré avec fronton.

58 — Petite glace Louis XVI, cadre en bois sculpté.

59 — Statuette en marbre, représentant une jeune femme lisant.

60 — Groupe en bronze : le Chant de la Montagne, par *Alonzo*.

61 — Ménagère, forme reliquaire, en métal argenté, avec flacons en cristal.

62 — Buste en bronze patiné, représentant Bonaparte.

63 — Lustre en bronze, orné de cristaux. Style Empire.

64 — Plafonnier, de style Empire, en bronze, orné de cristaux.

65 — Paire de vases en marbre vert de mer; monture en bronze doré, à femmes ailées et feuillage.

66 — Paire de candélabres, à trois lumières, formés par des sphinx, sur socle en bronze doré. Style Empire.

67 — Statuette en bronze patiné, représentant Napoléon, socle en marbre de Sienne.

68 — Paire de vases en marbre blanc veiné; monture en bronze, à guirlandes et têtes de faunes. Style Louis XVI.

69 — Candélabre, à deux lumières électriques, formé par un perroquet en faïence décorée; monture en bronze.

70 — Paire de coupes à fruits en cristal, pieds en bronze.

71 — Garniture de cheminée en marbre, composée
d'une pendule formée par deux amours soutenant une boule émaillée, et de deux candélabres
à quatre lumières.

72 — Paire de surtouts en bronze argenté, formés
par trois amours soutenant une coupe en cristal. Style Empire.

73 — Paire de girandoles en bronze argenté, à
quatre lumières électriques. Style Louis XVI.

74 — Colonne en marbre vert de mer et bronze
doré ; style Louis XVI.

75 — Cartel en bronze ciselé, orné d'un vase et
guirlandes dans le haut et d'un mascaron dans
le bas. Style Louis XVI.

76 — Deux trumeaux laqués blanc, la glace sur-
montée d'une petite peinture. Style Louis XVI.

77 — Buste-reliquaire en bois sculpté : Sainte Ca-
therine.

78 — Samovar en cuivre rouge.

79 — Lustre en bronze.

80 — Lustre en bronze, orné de cristaux. Installé
au gaz.

81 — Aiguière, de style art nouveau, en bronze argenté, anse formée par une statuette de femme, signée *Fugére. De la Maison Siot-Decauville.*

82 — Petit coffret à bijoux en bronze, à rinceaux ciselés sur fond d'écaille, motifs en argent simulant des branches avec feuillage ; sur le couvercle, médaillon à bouquet de fleurs. *De la Maison Giroux.*

83 — Lanterne Louis XVI en bronze doré, à guirlandes de perles et nœuds de rubans. Installée à l'électricité.

84 — Paire de chenets en bronze doré, à rocailles, avec galerie. Style Louis XV.

85 — Paire de flambeaux Louis XIII en métal argenté. Installés à l'électricité.

86 — Paire d'appliques Louis XVI en métal argenté, à mascarons. Installées à l'électricité.

87 — Deux statuettes en bronze, représentant des divinités japonaises.

88 — Statuette en terre cuite : Jeune femme couchée, d'après Clodion.

89 — Groupe en terre cuite, d'après Clodion : Faune et bacchante.

90 — Groupe équestre en terre cuite, représentant un cavalier gaulois, signé : *Cartier*.

91 — Statuette en biscuit : Jeune femme couchée.

92 — Groupe en terre cuite : Chiens. Signé : *Cartier*.

93 — Lion en terre cuite. Signé : *Cartier*.

94 — Marbre, signé *Cartier*, représentant un chien debout.

95 — Petit chien couché en marbre blanc. Signé : *Cartier*.

96 — Petit chat et petit chien en bronze patiné.

LIVRES

97 — Œuvres de J.-J. Rousseau en trente volumes, éditées à Genève en 1782.

98 — Œuvres de Voltaire en quarante-huit volumes, éditées à Londres en 1771.

99 — Un antiphonaire de 1640.

100 — Un volume des « Chansons Joyeuses », supplément à l'Anthologie; sur la reliure les armes de Marie-Antoinette.

TAPIS

101 — Tapis Schiras, dessin à palmettes; petit encadrement fond blanc.

2 m. 53 cent. ✕ 1 m. 35 cent.

102 — Tapis Kozak fond rouge; médaillon fond crème, bordure fond vert.

2 m. 15 cent. ✕ 1 m. 60 cent.

103 — Petit tapis de galerie fond bleu, encadrement fond rouge.

2 m. 45 cent. ✕ 1 m. 05 cent.

104 — Grand tapis de Smyrne fond crème, à grands dessins.

6 mètres ✕ 3 mètres.

105 — Tapis Schoumack fond rouge, dessins à médaillons.

2 m. 75 cent. ✕ 1 m. 75 cent.

105 *bis* — Tapis d'Orient.

MEUBLES EMPIRE ET DE STYLE

106 — Grande psyché Empire en acajou, ornée de bronzes ciselés, à palmettes et statuettes de Renommées.

107 — Meuble de salon en acajou, orné de bronze doré et ciselé, accoudoirs à têtes d'aigles, recouvert en soie verte ; il se compose d'un canapé, deux fauteuils et deux chaises. Style Empire.

108 — Table de salon en acajou, garnie de bronze, à animaux ailés et palmettes ; dessus en marbre vert de mer. Style Empire.

109 — Glace en acajou et bronze. Style Empire.

110 — Encoignure Louis XV en bois de rose et palissandre ; elle s'ouvre à deux portes ; dessus en marbre veiné.

111 — Bahut Renaissance, à deux corps, en chêne sculpté, à deux portes dans le haut et crédence dans le bas.

112 — Bureau Louis XVI, de forme dos d'âne, s'ouvrant à un abattant, orné d'un médaillon en marqueterie ; intérieur à trois tiroirs.

113 — Armoire en chêne sculpté, s'ouvrant à une porte.

114 — Grande cheminée Louis XIV en bois sculpté.

115-117 — Lot de panneaux en bois sculpté, de style Louis XIV.

118 — Commode en marqueterie, de forme galbée ; elle est ornée de bronze ciselé à rinceaux ; dessus en marbre veiné. Style Louis XV.

119 — Écran Louis XIV en bois sculpté et doré, à coquille et fleurs.

120 — Fauteuil Louis XV en noyer sculpté, recouvert de soierie à bouquets de fleurs.

121 — Piano droit en palissandre vernis. *De la maison Combeau.*

122 — Bahut en chêne sculpté. Style gothique.

123 — Support en bois de fer sculpté ; dessus en marbre.

124 — Paravent à quatre feuilles recouvertes en soierie.

125-130 — Objets omis.